U0750298

午夜茶

伍国雄 著

WUYE CHA

黄河出版传媒集团

阳光出版社

图书在版编目（CIP）数据

午夜茶 / 伍国雄著. –– 银川 : 阳光出版社，
2023.7

ISBN 978-7-5525-6846-2

Ⅰ.①午… Ⅱ.①伍… Ⅲ.①诗集－中国－当代
Ⅳ.①I227

中国国家版本馆CIP数据核字（2023）第130106号

午夜茶

伍国雄　著

责任编辑　赵维娟　朱双云
封面设计　圣立文化
责任印制　岳建宁

黄河出版传媒集团
阳光出版社　出版发行

出 版 人　薛文斌
地　　址　宁夏银川市北京东路139号出版大厦（750001）
网　　址　http://www.ygchbs.com
网上书店　http://shop129132959.taobao.com
电子信箱　yangguangchubanshe@163.com
邮购电话　0951-5014139
经　　销　全国新华书店
印刷装订　四川金邦印务有限公司
印刷委托书号　（宁）0026549

开　　本　880 mm×1230 mm　1/32
印　　张　7
字　　数　150千字
版　　次　2023年7月第1版
印　　次　2023年7月第1次印刷
书　　号　ISBN 978-7-5525-6846-2
定　　价　56.00元

版权所有　翻印必究

恬淡之味与疗愈之美

——读伍国雄诗集《午夜茶》

✳ 李轻松

　　品茶有三道之说。第一道通常为"苦茶"，第二道为"甜茶"，第三道才为"回味茶"。我们通常要喝下午茶，而国雄邀请我们喝的是午夜茶。朦胧的灯光下，安静地品味一道茶，可以使焦虑的心得到缓解与慰藉。

　　《午夜茶》便是茶中第三道"回味之茶"，也是一本枕边书。

　　初识国雄是在2019年4月，我去成都参加完"草堂诗歌奖"颁奖仪式，受广元老友凌鸿邀请，第一次来到了广元。三天的逗留，接触最多的除了凌鸿，便是国雄。我们一起去剑门关、翠云廊、皇泽寺，徜徉在广元厚重的历史之中，欣赏着奇崛的景色，感受着广元朋友的热情，心里无限温暖与感慨。在此之前，我读国雄的诗歌甚少，但一路我们相谈甚欢，临别时，他送我一本他的第一部诗集《城市的青蛙》。翻看之余，我很难相信，国雄是从2016年底才开始诗歌写作的，短短三年时间就出了诗集，作品就能有如此成色，着实让我惊讶。我心里暗想，这是个有天分的诗人，他从生活的细节里捕捉到的诗意，在字里行间显露出的质感，都充分证明，假以时日，他会令人刮目相看。

从那以后，他偶尔发来新作，让我提些修改意见。我们断断续续地谈着诗，读着诗，不觉间我也陪他慢慢地走过了三年的写诗之路。首先，国雄的内心对世界葆有诚意与敬意，保持着纯度。其次，他以诗书写着自传，对过往的生活进行反思，写得清冷与节制。最后，他在语言的使用上渐渐地形成了自己的风格，简洁、纯粹与干净。时隔四年，国雄的第二部诗集又即将出版，祝贺他。

读《午夜茶》，感觉国雄的诗歌创作像脱胎换骨一般，极大地扩展了他创作的空间，对诗歌的表达日趋成熟，这与他丰富的生活阅历及对人生的独立思考密不可分。他以四年时间重新定义了自己的书写，在他熟悉的日常生活中写出了陌生感，那便是冷峻的笔触与丰沛的情感交织，有效地节省了过程中的盘带，写出了再上一层楼的景象。

《午夜茶》分"山间行""午夜茶""睡前书""冷月亮""玻璃心"五个部分，准确地概括了他诗歌创作的题材选择与价值取向。

让生活回归本真，追索自然的美，赋山水以灵魂，这是国雄作品中最重要的内容。"山间行"中，国雄写的当然是自然的山水，远的山近的水，像山的山不像水的水。"英雄，美人，有山河一样的命运/而我们，一群匆匆的过客/一样可以，唱起《龙水谣》/演好每一个角色"（《在龙里水乡观〈贵秀〉情景剧》）。人与自然融为一体，山水中人，人中山水。"山里，有山里的盛世/草木，有草木的命运/羊，有探索悬崖的好奇//大路朝天，有没有遗址不重要/有没有名号也不重要//途中，我只顾辨别去留的方向"（《白羊栈》）。作者没有一味地在自然风物的"像"与"不像"之间纠缠，而是将地理与风物的自然属性、人文属性、社会属性、历史属性、时代属性糅合在一起，相互渗透、相互补充。"我步行在唐朝的街头/恍惚之间，县衙的考棚/在我落座那刻，就已经敞开/狼烟烽火，假象的城墙上/已经古朴得披上了层层青色苔藓/被风化成斑驳的时间碎片"（《青溪古镇》）。从如今的遗迹去推断古镇悠久的历史，这是地方史表述常见的策略。"只有当历史进入当代人的视野，被人们不断言说和反复阐释时，过去的一切，才可能成为真真正正的、富有意味的历史"（张德明教授语）。《青溪古镇》即为此方面的生动例子。"今天，我随摩天岭的风巡山护林/溪边煮酒，餐风逐月/只想讨你正式招我入赘/来一场相濡以沫的爱情/看闲云，羡野鹤"（《唐家河》）。寄情于山水，进而思考情感与生命的意义，如果还能写出些许的禅意，那便是诗歌创作的又一重境界。作者试图在这方面的探索与努力，是成功的，值得肯定。广元山水太过壮美，值得大书特书。但当自然的山水过渡到内心的山水时，他的山水自然便有了哲学的意味。

国雄的口语表达几乎到了出神入化的地步，他不刻意使用辞藻，不过度浪费修辞，而在口语化的书写中具有了一定的难度。他也不太用所谓的"大词",也不会宏大叙事。他从细节着手,用最贴近烟火的词语、最小的切口来揭示大时代,看似轻描淡写,实则痛彻骨髓。他同时也回避那些虚拟的东西,包括个人情绪的宣泄,所以他比较客观,因此而具有了冷峻的力量。他从自己看见的写起,像写生,以客观化和真实性为标尺,让事物的本来面目依次显形,让读者凭自己的经验在生活褶皱里找到触动心灵的东西。诗不仅还原了生活,还展示了主题的多重性,极大地拓展了诗意空间,使读者也因此常常被生活本身的活力和诗性击中。同时,他非常平衡地使用叙事与抒情,在虚与实之间自由地漫游。他的诗是言之有物的,是有细节甚至情节的,而且这些在他口语化的追求上运用得十分充分。

"睡前书"与"午夜茶",我理解为国雄的情诗。但他的情诗,大抵都写得余味无穷。他从来都不会大肆渲染,更不会歇斯底里,而是用近于白描的手法,来述说最深的情伤,往往保有留白。无疑,国雄是一个自觉的写作者,善于在琐碎中去吸纳和发现,让诗歌有了正常的温度,并且可以触摸。他的情发乎于惯常生活的细微处,他的诗在思想的启悟间,在意识的流动中,去叙写、去抒发、去静思。"我一生的爱恨情仇/也终究抵不过昨夜的一纸白/你傲娇的枝头/是玻璃心,还是冰如铁",这首诗揭示了爱的脆弱与冷漠。"先生,我不过是浩渺中的一尾小鱼/我没有亵渎正义的劣性/偶尔吹起的气泡/那只是一次小感动/一次浅抒情",他从小着眼,小实则不小,小里蕴藏着"大气象"。"曾经，我坐在两江口/点杯坝坝茶，一整天/只为等你/心平气和走过来"，他写的情感，没有轰轰烈烈，却饱含深情。"人说：失眠是一种病/谁能为我打开一扇/疗伤的窗""多愁善感的人，有剪不断理还乱的心思/常常在一个枝头/试探另一个枝头的高低/我踟蹰前行，想哭/丝毫没有效仿他们的意思"，这种深入骨髓的爱，他却用某种意象来书写，这里的病或枝头，都是一种容器，他不会满溢。"我会陪同不安的雨滴/完成自我救赎/还不忘，在世人睁开眼睛之前/装作什么都没发生""在这人间寂寞，情缘淡薄的夜晚/一杯浓茶/它有恬淡之味/亦有疗愈之美"，在这里，他的爱有了升华，有了疗愈的作用。这样的诗歌，在语言的交互、交融和递进中，诗意顿显；这样的诗歌，对存在本身进行存在式的营构；这样的诗歌，对我们的心灵是一种抚慰。

当然，国雄在吟唱山水之美、于日常生活中提取哲理外，还写出了人生况味和人性之脆。"冷月亮"与"玻璃心"便是深入内心，充分探索精神世界的拷问之作。"今夜，我没有诗句为你送行/今夜，我更没有力气/怨恨这人间的冷漠/和伪善""我站在过道尽头的窗口/望了望天空/此时，天堂与人间的距离/只有一步之遥。"这是国雄对生死的诘问，超越了普遍意义上的人间冷暖，向着那人类终极的思考靠近。

总之，国雄的诗歌，犹如一幅水墨画，他从不用力过猛，总是寥寥几笔，就能勾勒出山水自然与人生气象。他用悲悯之心给每个心灵以温情的安慰，是为大爱。他某些诗作也具有了隐隐的禅意，指向无限的空灵之远。他写得轻灵、飘逸、克制，就像一个人的冬天，一场小雪，不夸张不粉饰，来得恰到好处，正好可以覆盖这世界的山河、这因浮躁而变得焦虑的心。

此刻，夜深人静，沏好一杯茶，听国雄轻声细语。这杯午夜茶既有恬淡之味，亦有疗愈之美，使那些备受损害的心灵获得慰藉与温暖，最终得到治愈。

（李轻松，沈阳市作家协会主席，国家一级作家。诗人、小说家、职业编剧。曾参加诗刊社第十八届青春诗会，荣获第五届华文青年诗人奖，2007—2008年度首都师范大学驻校诗人。出版诗集、散文随笔集、长篇小说等20余种，戏剧影视作品20余部。）

·山间行

1

·午夜茶

·睡前书

· 玻璃心

5

山间行

英雄，美人，有山河一样的命运
而我们，一群匆匆的过客
一样可以，唱起《龙水谣》
演好每一个角色

午夜茶

贵州行（组诗）

云 上

盘龙机场也是一朵
怀旧的云彩

其实，我不用追赶
棉花的远方。你看晚霞再晚

每天也会降落在
一个名叫凤凰山的塔楼上

贵州的山

十万大山，侧身一让
城市、村庄、梯田便可平铺直叙
烟火抒发的情怀有些低矮
一个王朝，再无须流离在马背
喀斯特撑起的盾牌
可以抵挡子弹、长矛、野兽

寨子立起来，鼓楼站起来
它们抱团取暖
相互呼应，关照，走动，联姻，繁衍

"天下山峰何其多，唯有此处峰成林"
云上贵州，人如云
这与生活不一样，生活需要
骨头和庇佑

天星桥

遗落的陨石
在人间，自乱阵脚
与仙人掌、藤条纠缠不清的
是我苦苦搜寻的生命石
踩上两脚，听说可以走运
——再难破解的阵法
在众生朝拜面前，也会芝麻开门
迷途的人
定会走入知返的缝隙

黄果树瀑布

此时，需要一支神笔
所有至善的水，面临悬崖
都没有退缩的勇气
一朵掉队的白云，摔下的愤怒与激情

都不好表达

幸好，这人间的瑶池
有众生参拜，幸好
观景台上，有各种搔首弄姿的表演

也罢，亲与近，既然来了
你做你的妖精
我做我的猴王

陡坡塘

有了落差，就会让水败下阵来
我一样，在强势面前
不懂得陡峭平坦
早已遍体鳞伤

曾经，一尾自由自在的鱼
学会一忍再忍——
知深浅、懂进退、观缓急
也未做到全身而退

在陡坡塘，我想找个适当的借口
融入自己

在龙里水乡观《贵秀》情景剧

把构思做到极致
比如水乡的水，半山的龙
比如麻石板硬化的街道，懂得绕行
更懂得，牵上娘子的手
来一次神游

历史浓缩的四个篇章，流了一地血
夜郎国，自大了千年
冤案至今悬而未决

不说开天辟地，钻石取火
也不说奢香夫人，柔柔弱弱的女子
小战士牺牲前一句
"连长，请给我一颗红星"
就让我屏声敛息

英雄，美人，有山河一样的命运
而我们，一群匆匆的过客
一样可以，唱起《龙水谣》
演好每一个角色

翠谷瀑布

暗河在山腰突出重围

有了出路，就会修成正果
憋屈太久了，一旦从高处抛下来
所有遇见便不谋而合

途中，它从不显山露水
有些风景，适合流连
有些路，如一张空白的金箔
提前写好了往返

找到宣泄的借口
用没用心，已无关紧要
我衣衫湿透
也不愿撑起久违的雨伞

小七孔

山、水、林、洞、湖
五音齐全
68级跌水瀑布
止于青石砌成的七孔拱桥
这乐器完美吧

响水河，每一处景
都有响亮的故事，都回荡响亮的声音
就会让凡心受到一次次冲洗

天钟洞壁的蝌蚪文

我是看不懂的
就像站在七孔拱桥上
一脚在贵州，一脚在广西

在苗寨

一个多灾多难的民族
那是我失散多年的远房宗亲

阿妹，群山礼让
你是否愿意，让我走进你的盛世王朝

寨门的灯早早点亮，招牌上的诗句
刻进眼里，我无须把它们串联

"高山流水"，苗家的最高礼数
让我在逼仄的民宿，梦中说了一夜情话

娘子，你是否穿戴好银饰
我在四号风雨桥等你

鸽子轻盈地飞向远方的哨所（组诗）

云之上

我想，是该打开舷窗遮光板的时候了
耳朵的轰鸣还在滑翔
早上6点的天际线分外刺眼
不需分辨
在这片封闭的安静空间
所有人幻想以一种什么状态沉默抵达
奇形怪状的云
让我想起曾经读过的童话
及我有时不着边际的奇思幻想

生活中的各种剧情
构思不同，结局各异
我可以接受悲情的故事情节
但不认同支离破碎的结局
为什么不能是喜剧呢
就像我对库尔勒多年的神往

此时，下面是起伏的云层

云层下面是一望无际的戈壁

在大西北上空

我努力隐藏我肤浅的阅历

让遁世的消沉及狭隘

没有藏匿之地

在库尔勒

有太多的好奇与感慨

狼的踪迹及遗弃的丝绸

布置了处处场景

天山的雪水

融化了今古传奇

曾经的游牧民族沿孔雀河

安营扎寨。将军像前

太多的想象长成了城市的绿洲

手抓饭、拌面、馕坑肉

还有多少神秘没有展示出来

草原与沙漠

从来都是孪生兄弟

移民的相思和念想

幻化成白鹭洲河、杜鹃河

一座用水滋养的戈壁之城

注定生动无比

农二师师部

是荒野中第一个宿营地吗
站在孔雀桥上
任风唤醒残缺的记忆
驼铃声渐行渐远
我飘游的身躯，如尘沙
开始进入疆域的灵魂

多情博斯腾湖

再多的传说
都没有博斯腾湖神奇
尕亚，多情的西域女子
对爱的执着忠贞
让凡夫俗子无地自容

我从未见过眼睛如此单纯明净
从未感受到泪水的力量
如此深情
面纱遮掩的羞涩
总遮挡不了你泪眼汪汪
进入你波心，白鹭与我相亲
成群的精灵悬浮头顶
迁徙途中的驿站，用芭茅
筑成博斯腾湖坚不可摧的爱情长堤

我想走出你凄美的故事
总是无功而返

在大河口
天地人融为一体
除了誓言
还有什么不能放飞

查汗努尔达坂草原遇雨

抵达的时间从未如此准时
迎接便有了精心的排练
经幡也有沉默的时候
黑鹰盘旋的迟疑
瞬间无踪无影
单薄有时不能适应倾泻而至的热情
就像我常常陷入甜言蜜语的陷阱

远方错过了
路过是另一道美景
一天经历的四个季节
证明了海拔的渐次高度
在雨中，每一株野花野草
都是我故乡挺立的参天大树
我始终叫不出它们的名字
既然有了充分的准备
又怎能轻言放弃

那拉提草原

一切冲突都归于平静
烈马、烈风、烈酒、西北汉子
都是驯服过的
恰甫河，一对饱满的乳房
1800平方公里
山河只有一种颜色
细腻有时是最诱人的表达方式
一面在地上平铺直叙
一面彩练当空

策马扬鞭，做回草原汉子
是我对儿子的许久期盼
哈萨克族人精致的服饰
在镜头里远走他乡
马、骆驼、牦牛、羊
与夕阳下的草原一样生动
今夜，秦时明月蓄谋已久
留宿蒙古包的游人
在遥远的那拉提
放牧自己

行走在霍尔果斯口岸

我现在在霍尔果斯口岸了

口岸就是家门，母亲
西北边境不是我想象的那样——
"西风烈，长空雁叫霜晨月"
阳光与家乡的阳光一样明媚
空气也一样清新
驼队在莫乎尔草原牧养
烽火台、金戈铁马
是伊犁河流域的卵石
文化长廊装不下垦荒戍边的历史
界碑是软弱与强大的见证
站上瞭望台
我仿佛听见东归的嘚嘚马蹄声

母亲，这是旅途最后一站
在跨境贸易区
我少却了很多烦琐和负担
我精挑细选的物品
与风景一路打包

有时，背叛与忠诚就一步之遥
有时，出发地和目的地是相同之地
我行走的脚步开始沉重
一群鸽子轻盈地飞向
远方的哨所

城南客栈

仅仅是路过，抱歉
立交桥，绕城路，大学城
熟识的陌生的
相约的背道而驰的
都请原谅

今夜行色匆匆
闪亮的街灯，熟悉的味道
一晃就过去了
地铁已经停运

你住城北，我宿城南
土拨鼠掘地的声音
在同一片月色下
如纤细贴地的影子

城南客栈
从来没有如此窄小
又从来没有如此
空荡

苍山溪水（组诗）

书岩，兼致儒珍先生

石壁与江水的柔情对峙
其实像娃娃亲，最终
儿大女成人有了公认的
贾家祠堂。那时
我是你邻岸的顽童，知晓嘉陵江的水性
已能在艳红的纸上认出墨痕

我循石梯一级一级爬上来
像 一只蚂蚁，跪拜的敬意
卑微而虔诚

走进殿堂，我屏声静气
不敢轻易相认石壁上每一个文字
看先生静坐中庭、书写乾坤
今天
我是你最乖巧的弟子

苍山溪水

农耕图束之高阁
是时候把它重新铺展开来了
等了一千七百年
三千里嘉陵，两千三百平方米苍山
八十万儿女驻守的溪水两岸
还等什么？溪水适合研墨濡毫
适合涂抹山川
适合续写家族史
回水坝、寻乐书岩、红军渡、亭子口、猕猴桃……
重笔浓彩，庭院深深
谁不是进献的对方
高速高铁，比你的幻觉快
一万倍勾勒

"江流大自在，坐稳兴悠哉"
苍山溪水有梨花，小雨
鸟鸣声中，读世许的组诗《苍溪维度》
从此，为老家咳血的每一个文字
纵然轻描淡写
终将落地为泥

梨花仙子

表妹，我们从广元出发

走兰海高速。越来越近
你在回水坝
煮一壶梨花茶吧。那里
梨花分外白，江水如你
有恰到好处的温度和耐心
同行的文友不多
就住梨苑宾馆。他们写诗，写诗
写的都是你
写你的前世今生
写你的爱恨情仇、花前月下
写你的相思及花间一壶酒
写你花团锦簇的庭院
写你家族每一只蜜蜂及蜜样的果实

他们最终会写到泥土
啥样的基因？会让你走入凡尘
定居苍溪

嘉陵江文学院

击水三千，不妨坐下来
书香四合院，是歇脚的好去处
从秦岭到重庆，江水书生
负荷太重。幸好，书院落成
诗词歌赋知音，幸好
主人温酒煮茶粗中有细
幸好门口水天一色

行天下不过是，被娘子扯住
在苍溪多几日神会

在亭子口

当神性降临人间
嘉陵江成为乖孩子
朝天门与剑门关
有了同样的高度
从红岩港出发，千里嘉陵
埋葬了多少回忆
冷落了多少江湖，就如
我颠沛流离的一生
多少呛水的经历，多少难舍的离分
走到亭子口
我只想慢下来，沉淀
然后过闸。我听到重庆码头
有人叫我的名字

青川元素（组诗）

幸福的幸福岛

兄弟，请原谅
到幸福岛这样的地方
我必须虔诚地，让手机静音
必须让心，静如止水
还必须把所有的感觉，毫无保留地捧出来
和山水融为一体
直到把自己同化成一朵花的芳香
或者一蓬草的翠绿，或者一只小鸟
和春天暗通款曲
现在，我们已来到了被你神话过的幸福岛
来到了你津津乐道的两棵松农家乐
饭菜味美，食材来自民间
竹笋、蜂蜜桂花酒、腊排腊蹄、搅团、椿芽胡豆、野
山菌、黑木耳……
美食太多，就不一一介绍
此时，阳光正好
我们坐在樱桃树下，像院墙上攀附的花儿
把春天浸泡成一壶老鹰茶，品岁月

然后各自休闲地出卖秘密
先生守口如瓶的故事——
那只善良的白狐，让凄美的爱情故事
有了圆满的结局

兄弟，这个春天
我们太需要这样的午后
用来淡化伤感
此刻，几只喜鹊不解人意
叽叽喳喳，抢着炫耀它们的自由
我久违的嫉妒之心，如午后的阳光
落下斑驳陆离的影子

再访初心谷

妹妹，我又一次来到这里
初心谷，自有它的留客之道
紫荆树已经长高了一截
从谷口一直引路到山谷原舍
沿途的鸢尾花，艳得让人乱了方寸
张家村远离尘嚣，适合疗伤
静得只剩下幽深
夜晚，月光依旧
民宿把游客的心思揣摩到了极致
流水于沟壑之间，丢下花样的呓语

妹妹，今夜

我已忽略了所有的景致
那句羞于启齿的话，最终没能憋住
在梦中脱口而出

青溪古镇

一条街，古色古香
漫步往事，穿越时光的隧道
我步行在唐朝的街头
恍惚之间，县衙的考棚
在我落座那刻，就已经敞开
狼烟烽火，假象的城墙上
已经古朴得披上了层层青色苔藓
被风化成斑驳的时间碎片

我最悲催的感悟，只有迎风而立
站上城楼
虽然，很多远见卓识
被时光淹没，风化与侵蚀
但我依然想要通过自己的方式
考究古镇的所有风俗
然后任耳边风，吹过一段段传说
比如，瓮城这把锁
让我不得不服先人的谨慎
比如，东城楼到西城楼
一路门帘，满街杜鹃
再比如，东南西北门户洞开

让清清之水有些小拘束

八景楼与县衙遥遥相望
击鼓便可升堂
《古城赋》值得细读，修饰的衙门
纠正了穿堂的风水及章法的瑕疵
此刻，我踽踽独行
穿行在老街边沿，风景半遮半掩
招摇的布幌子，犹犹豫豫
诉说着古镇的前世今生

唐家河

你邀不邀请，我都来了
我不是你瞧不起的傻女婿
不占你的山头，不住你的竹林
只想躲进你四壁如洗的山洞
目睹你憨态可掬的幺女子
我就足以告慰终生
自从那次掉队，我就有了不入朝堂的淡泊
也有不可告人的私心
想获取你强大基因中的一分子
让家族人丁兴旺

过绵竹怎么了？入成都又如何？
粪土当年，过眼云烟
能让大熊猫与三千多种珍稀动植物安身立命
就是普天下上好的风水

今天，我随摩天岭的风巡山护林
溪边煮酒，餐风逐月
只想讨你正式招我入赘
来一场相濡以沫的爱情
看闲云，羡野鹤

夜宿阴平村

能从古道走出的人
不管是商人、平民，还是将军
都是英雄
都得到村里讨口水喝
竹隐山舍的小木楼
上好的老树茶已经沏好

其实，民间有民间的排场
流水、鸟鸣、山风、星辰、峰峦、平原……
都有各自的故事
能与千年古道同名的村庄
一定有接纳万人膜拜的底气

而我，无暇顾及途中的倦意
只想在今夜
梦到明天同行的人

东河口是一个敏感词

东河口是一个敏感词

作为一场灾难的亲历者，不管是行程还是文字
我都一直试图回避
每提及一次，我心绞痛就会犯一次
血压就会猛增几日
这是当年，阵痛留下的后遗症

此次，司机不愿绕道
我只有从车窗，偷偷望了望这片遗址
目光所到之处，是花草覆盖的坟茔
杏花早已散尽
清竹江一如既往地流
龙门山沉默无语，是否有了忏悔之意
几块巨石，温情地站立在废墟上
像几页帛书
记录着那年那月那日那时那分那秒
及所有亡灵的名字

石头迟早会随岁月风化
文字定会成为骨头的化石
东河口，一次撕裂留下的伤疤
早已脱痂长出新的肌肤
你看，栋栋白墙红瓦的小洋房
依山而立，在阳光下
是行进的主题

采摘（组诗）

红心果

不管是初恋初心，还是真爱红唇
这都有关爱情
有关诗意
有关一场旷世的约定
想象的空间有多大
心就有多大，一切在桥溪定格
土地，靠指数说话
敞开心扉时就掌握了话语权
这充足的底气从何而来
文章写在坡地上，稿笺虽小
却难掩山河的冲动与激情
抛开满嘴的甜言蜜语
滚滚红尘中被救赎的对象
都深陷其中了
我深知桥溪有宁缺毋滥的固执
有一颗颗萌动的心
我击水而至
圆润从我伸出的手掌开始

小美女们，请不要
羞涩地拒绝

采　摘

我愿意把众多女儿请回家
做回慈祥的父亲
我愿意在枝条的遮蔽下
做回蒙在鼓里的人
我愿意走遍桥溪的每一寸土地
寻找兰花、八月瓜、黑柿子、土鸡土鸭
然后烫一壶小窖酒
经人间烟火的充分发酵
做一天桥溪人——
我愿意醉卧在小桥流水
仰天尖叫，静听回音
我愿意用我生硬的文字做媒
让山货堵住市侩的嘴
我愿意风梳、水洗、云钓
以此表达，我真的愿意
驻守尖山村，做一个
修枝锄草授粉施肥
的果痴

暗　示

学校操场的活动空间虽小
却有优先的发言权
誓言在光天化日下兑现
展销会做了江山的主
一半一半
在瓜果布置的场景中
远方的客人开了很多玩笑
器具就地取材
竹编、草织、藤绕
有了足够的韧性和包容
地里的、枝上的、窝里的
有泥土黏附其身呢
用不着化妆
就站上台面炫耀
背地里，念念不忘
芝麻开门

果　王

我用身边的事物做比较
198克究竟有多大
重量和体量该怎么转换
两个半果子就是一斤
可见土地的野心有多大

果农的胆量有多大

在桥溪，我融入长河、近水、三溪……

每一个村庄就是一首情诗

匍匐在猕猴桃架下

我努力搜寻生命的真相

有多少秘密没有暴露

有多少独门绝技没有展示

土地升级转型进入拍卖现场

我只是慕名而来的过客啊

乡亲，我嘴馋已经流下涎沫

津汁不忍心与红唇接近

贪婪的欲望该收敛了

王在万民注视下

黄袍加身

歌舞升平

九把斧

我该怎样描述这座山

老乡，你能否告诉我九把斧的高度

告诉我这名字的由来

九把斧，为何那么费解

是谁在玩弄文字

是谁掌控了山川的命脉

蟠龙溪没有断流

山河便少了些硬伤

便有了不可预测的命数

躲避了一场杀戮
我便落脚于小桥流水人家
站上九把斧的最高点
俯瞰宋江
浩浩荡荡

明月峡问道

道路悬挂空中
称量着一轮明月一江春水
行色匆匆
捕捉的都是倒影

川江号子，骡马的嘶鸣
一半沉入江底，一半隐入荆棘
把两岸的石头喊成了形
吼成了苔藓落脚之地

我想我会迟早沉入江底
幸好，金牛道还留有一段残迹
我便有了突围的想法
攀爬的勇气

我在读懂五丁传说时
川陕公路成就了胜天半子的棋局
宝成线收藏进山洞

幸好，我绕过民间

走了历史的捷径
在峡谷
道不问出处
脚步都得慢下来

白羊栈

羊走上石壁，便有牧羊图展开
便有家族的血泪史写进教材
便有一条小路从羊肚里抠出来

山里，有山里的盛世
草木，有草木的命运
羊，有探索悬崖的好奇

大路朝天，有没有遗址不重要
有没有名号也不重要

途中，我只顾辨别去留的方向

避暑遇雨

秋老虎始终没有退让
惹不起的人，躲进了深山

他们认为，只有欲望的适度
才是最安全的

似曾相识的人聚在一起
聊些风的话题

南充的方言，绵阳的口音，广元的土话
李家人都懂

在鸿运人家远望
一幅水墨画格外养眼

望着被雨淋透的群山
我的伤感，潮汐起伏

望远山

此时，我必须俯下身来，学会仰视
还得屏声静气，学会噤声，学会聆听

我把视线放得足够宽
生怕群山里的雾，在不声张间转瞬即逝

不能错过的，还有那轮红日
它如我此时的心跳

在白云与苍狗之间
所有目光都是短浅的

群山之上，一粒浮尘
也有闪光之美

夜宿水磨沟

今晚就宿沟口了
"水磨人家"缩短的不仅是旅途的距离
石磨与溪水不知疲倦
山水的馈赠，悉数收入囊中
想法精打细算，顺流而出
日子风生水起时
岁月的沧桑
在熊熊的火塘旁
寻找温暖而满足的理由
马尾瀑慢条斯理
讲述水磨沟的前世今生
那年，石磨圆满时
溪水里住进一轮月亮
一代代水磨人的甜蜜故事
就再也没有停顿下来

布谷布谷，是座山庄的名字

我想沉静下来
做只重返林间的小鸟
觅虫子树籽花草，装盘待客
再来杯白露酿制的酒
这多幸福啊
日子深奥而浅显，夜晚
枕山而眠
草坪作床，白云为被
然后，点亮星星写首情诗给月亮
所有梦便美好起来

布谷的叫声似乎在暗示什么
大路朝天，朝天大路
今天我来踩点
是为了明天所有誓言
都知道来路

村史馆

有很多话想说
有很多民间的故事想写
乡愁如磐石
怎么能够随意挪动
有些话题沉重，怎么也不能回避
就像土地熟透了
便有粮食生长出来
便有农具生了锈
在村史馆
我知道自己成长的每一个过程
我不可预知的前世和未来
及飘浮不定的灵魂
从此有了安身之地

民　宿

迷茫了太久
我已准备走出去了
走近林间
走近小兽及飞鸟
走近路边的野花野草
走近吊脚的木屋
走近瓦檐下的雨滴
走近曾家山布谷鸟的爱情
走近畔云简舍的六朵云
走近真实的空气及适宜的温度
走近梦境
走近灵魂深处
其实，幸福有时不难理解
就像被群山阻挡的龙门凡念
当世俗病得不轻时
进化的密码及救济的药饮
往往藏在深山密林

匆匆而过（组诗）

连山坡

每次去职工之家，都像进考场
地铁的站名难以记住
界牌、书房、大面铺、惠王陵
都是些识别度很高的名字
像老家的碑碑梁、神皇庙、猫儿沟
每个站口都可中转
滴滴从没告诉我，到达执行局的捷径
今天，我稀里糊涂从连山坡下车
还是滴滴，还是去职工之家
路程减少了一半
这让我想起了家乡的洞岩坡
每次去外婆家，这条闹鬼狐的路
终究是必经之地

冒菜馆

跑了一整天，身累心累
在东站旁边的冒菜馆坐下来

吃饭只是借口
主要是消耗掉三个小时的时间
三小时，不长不短
干不了正事，也不能投亲访友
索性来个歪嘴，点餐号是88
这数字与我今天一样幸运
菜难吃，却吊足了我的胃口
微胖的服务员，推着收餐具的车
在我身边来来往往
像我姐姐，进城没几天
咋变得这么猴急

广场见闻

时间还早，在广场找一花台
坐下来，过过烟瘾，发发信息
一趟苦旅，终究会留下一些故事

来往的人与我一样，都没闲着
口罩像块遮羞布
掩藏了好多虚伪和真诚

在广场一角，小夫妻闹得不可开交
身后的宠物狗摇头摆尾
幸灾乐祸的样子

候车厅

晚上九点了
候车的人少了一些
大家都很悠闲
像坐在家里
这巨大的独立封闭空间
心跳，可以忽略不计

道路四通八达
不管是志同道合还是貌合神离
不管是出征还是凯旋

这趟车，不会是末班吧
急着赶路的人
提前，把东城的天空抹得黢黑

半山公园

久违了
这山，这栅栏，这风水，这顺从的景致
这阳光，从斜坡滑落
让我在午后
有了酣睡、发呆的理由
这晴空，可以还空旷一杯茶
可以还一片蓝天、白云
几只鸟笼，可以不闻不问
它有钢铁般的结构
也有人言可畏的脆弱
这巢穴，接纳自带标识的人
夜晚，灯光闪烁
宛若天庭……

这个周末，阳光让我窒息
这滋养万物的水，已不胜高处寒
这红叶，争先恐后落下来
打在脸上，有点疼

玉龙新村行（组诗）

表 妹

时光的风化，让我无法超越凡俗的念想
这次有了冠冕堂皇的借口
是该去亲戚家走走了。我一路打探
表妹，你究竟住哪排哪栋哟
我已到磨盘石广场了
你出嫁那年，我和母亲来过
记忆中的老鹰嘴、麻石坡、青冈坪
还有那些恍若隔世的土坯房
咋就不见了
——乡村别墅像拼接的积木
街道宽阔，让我有种迷失都市的错觉
独立小院，独立菜园
这是我梦中的落脚之地啊
此生，唯有明月、细雨、松涛、鸟语、花香
不可辜负
听说你回娘家创办起观光农场
听说双树村与马虹村合并了

改名玉龙村，很好嘛
"玉""龙"，是你和表哥名字中两个字
是民间最吉祥的字眼
我走到三棵金桂树处了
路边有一片叫不出名字的花
像极了我们小时候留念的春天

表妹，快来接我

夜宿玉龙村

中年之后，忧虑太多
念旧的情结又增添了几分
玉龙的夜，静得出奇
有薄云，有微风。月亮半遮半掩
像下午在果园除草的梁大姐
见到了陌生人

滞留的理由太多，无须赘述
避暑的南充人刚走不久
一切又慢了下来
在民宿，没经受住美食的诱惑
多喝了几杯
然后和同行的朋友夜游神侃到深夜

今夜，我得收藏起肤浅的诗句

打开门窗，与星空对视
赏松间月，沐床前光
做玉龙的守夜人

磨盘石广场

书记说，磨盘梁的石头
质地坚硬，像玉龙人
适合凿制碾盘、磨盘、碓窝
世世代代，玉龙人就这样
原地不停地转动
如今的玉龙人，讲究体面、排场
把所有坚硬的因素
又原封不动交还给磨盘梁
在月下订终身，在广场办寿宴
从此，玉龙的月亮
更加敞亮圆润了

龙隐寺遇雨

在龙隐寺，每一滴雨
都有对应的一片叶子接住
像会说话的木鱼，越过千年的修炼
功德圆满。芸芸众生
这个季节，黄金梨忙着招蜂惹蝶
像新娘出阁，得披上红盖头

而我们无福目睹一场盛宴

沿途问道，寻找龙隐寺一个个传说

蛮子洞隐藏松树林与烟雨深处

无须考证七仙姑洗浴之地

小浙河、石锣锅

是渡江的绝好口岸

尖山子、剑巴古道、龙口岩……

前呼后应，每一幅画面

都有红色的元素。故事深入人心

我却不能一一记住

幸好这场雨，把一些已知的未知的

都毫无保留地昭示来人

而我们，只想走在阡陌纵横里

借龙隐寺的雨

洗尽铅华，摆渡灵魂

自强农场

阳光下，所有水果都自带高光

翠红李、黄金梨、红心果、冰糖枣

到了收尾的季节

还有些零零星星在枝头灿烂

说起今年的收成，帮扶的政策

冯明武的脸笑成了一朵花

他说十年前在浙江一工厂刨床上

丢掉一只手的经历

他说土地与创业生存的辩证关系
他说一百多亩果园太小
他还说儿子在重庆，女儿在成都
争着叫老两口去享福……
一个下午，我们在这片土地卑躬前行
路边的狗尾草，在暮色中
不停地点头致意

桔柏渡

渡口连着两岸
两座古城，一座早已插满了城头旗
另一座还在废墟下沉睡

此岸和彼岸
隔着浩荡的嘉陵江
一对不同命运的恋人，风雨中
遥遥相望

曾经，为躲避追兵
一夜急白的长发，变成芦苇花
把渡口掩盖了整整几个朝代
曾经，流放木排的艄公
在渡口点燃灶火，忘记了爹妈
曾经，男子趁着月色
划过小木船，把新娘从对岸接回家

渡口，现已架起一座桥梁

握手后，此岸的芦苇花和彼岸的油菜花
还彼此保留默契
各开各的。新娘叫昭化
新郎叫摆宴坝

三江印象（组诗）

三江的水

掀起了那么多浪，拐了那么多弯
从陕西、甘肃进入蜀地
在昭化聚会，这是兄弟们的约定

拥抱的不止江水
新区，养在深闺，被世人初识
它有足够的包容之心
有"到了昭化不想爹妈"的传世热情

没有急流勇进的冲动
当亭子口用坝堤将它拦截的时候
它就知道，这条清澈的江
注定不会让它闲着

三江水养人，修身怡情
饱尝羁旅之苦，才懂得安身立命
一朵浪花
才会重新发出亮光

白龙江大桥

一桥跨三江
一头连接新旧交替的主城
一头是新区优雅地崛起

就这样把两岸拉紧
就这样分出古今
曾经数条船的河床上
昭化码头的繁荣，已写进当年的航行日志

桥，是通行的路，是跨越的路
更是三江新区的路
一夜之间，就将陕甘川毗邻地区
相连，打包，捆紧

三江的路

条条大路通三江
从广元出发，经陵宝二线
或走广昭快速，绵广高速也行
10分钟车程
国道212与嘉陵江逆来顺受
108顺白龙江、青竹江不谋而合
然后分道扬镳
一条抵重庆，一条达成都

来往的都是过客
宝轮环线，像一根穿简牍的线
将女皇疏离的领地册封
然后铺开
供新区建设者们描绘，批注
或抒情

三江印象

在三江，我愿是一滴水
鱼是我的孪生兄弟

走了这么远，游得这么累
得慢下来，这里正在开疆拓土
筑巢引凤

坪雾坝依山傍水，宛若瑶池
安全坝，三江的眼睛
昭化赵家山，视野开阔
宝轮、曲河、昭化、红岩
都是我梦想安居乐业的风水宝地……

今生，不能做江水里的鲤鲫
也要化作一粒微尘
落入三江新区炙热的土地

夜宿初心谷

月光临床，潺潺地泻满一地
乔庄河的水缓缓的
恍惚间，一切如隔世流年
你把闺房交付给我时
我还没从惊喜中平静下来
此时，我并不急于结秦晋之好
落地窗正好一分两半
上面是夜空，下面是山峦
它们离我很近
我们能听清彼此的呼吸和心跳
看清彼此初识的羞涩
正如我此时
看见月季山谷芬芳
以及初夏涨潮的溪流
我坐在室外开放的阳台
我们相互对视，赏悦
我们相互打探，聆听

今夜，你是我幻想定居的梦里原乡
我是浪迹天涯的游子
我们会心一笑
任月色包围

三盘子

我想当年的老司机
是怎样吃力地扳动方向
当年的夜归人
是怎样在风雪中
在垭口望着县城的灯火跟跟跄跄
几里路程，两三个时辰
历代青川人在摔跤的同时
念念不忘，芝麻开门
咒语在孔溪河显灵
从隧道直接穿插进城
又突围出去
三盘子那条老路
从此被树木、野狐占领
成为孤独的风景

在乔庄

飞翔的石头安静下来
龙门山酣然入睡
木牍诉说乔庄的前世今生
新城在白井坝展开或者站立

似曾相识的人站立成一堵墙
而我只想做白龙湖底的一尾鱼
迷恋乔庄的高度、纯净

也许明天我就要离开
也许过不了多久我还要回来

此时，有小孩从身旁走过
他说他十二岁了
生于2008年5月12日
此时，有风吹过
我心颤痛了一下

贵商银行，唤醒了沉睡的山珍

青川山大，有包容万物的心境
熊猫作为信使，提前入世
山珍从未见过世面，躲藏在背篓
从篾缝里窥探
贵商银行，一双扶贫济困的手
让青川的山货站起来
送上十里长亭
送到城市的餐桌
产业园、电商中心、大棚基地
钞票的复制粘贴
让忧虑的皱纹舒展成万亩平地
初心谷、养鸡场，鸡鸟和鸣
走出去的人回来了
陈芳、李正军、廖守全……
创业者的无私
以及资金资源的双赢模式
赢的不仅是民心
还有盛世

写给张家界（组诗）

仰　望

天门在上，我必须屏声静气
还得俯下身来，学会仰视
人世间，我是你虔诚的信徒
面对天空垂下的无字经帛
我明白，这页经书，有千千万万人读过
远行的路上，只有以人为峰的人
才会站得更高
成为顶天立地的王

金鞭溪

金鞭溪，神灵众多
我不能一一参拜他们
在峡谷深处，为寻找突围路线
我愿冒肉身被抽疼的危险

幸好，我做足了功课
在神鹰庇护的悬崖，我手持金鞭
做一回冲锋陷阵的勇士
全身而退

杨家界峰墙

一面墙，静坐，沉思
它修炼的年代，只有风知道

我是从蜀地飘浮过来的一粒微尘
愿意在峰墙的忽略处落脚

我是散落人间的碎片
愿意拼凑成张家界金色的甲胄

我是赶考路过的白面书生
不咏唐宋，只读墓志

森林公园

3000座奇峰
就是3000尊打坐的佛

我静修在八百秀水深处
想借乌龙寨、鹞子寨栖息一宿

在市境最高处
我看不懂这谜一样的阵容

我是怎么进来的
就能破解怎么出去

山
间
行

曾家老街

无所谓白面馒头白过脸
更无所谓荞麦窖酒醉了行程
我不是白面书生
吃过百家饭

川葵，核桃饼，蓝莓酒
火烧荞面馍，老腊肉，地三鲜
酸水豆花，米珍……
让一条老街有了厚重的味道

布幌子在房前晃动
最强的阵势一定来自民间
美景美人美食，提前有了定数
勾了凡夫俗子的魂

我是要怠慢行程了
从朝阳走到夕阳
就是走不出曾家人的前世今生
以及朝天山水的旋转乾坤

原 乡

我想退出这平庸的生活
寻一落脚之地
不求半亩，只守三分

我想拥有独门小院，那是林中的鸟巢
在白云之下，学会抚琴、清唱
余生，唯有高山、绿茶、松涛、鸟语、花香不可辜负
唯有在篱笆筑墙的菜地
可以消磨光阴

种瓜得瓜，种豆得豆
黄昏，我保持落日的姿势
在溪边发呆、静坐
然后一动不动与星空对弈
说些悄悄话，只要你懂我懂
群山伸直了耳朵
窃听了我仅有的秘密

朝天高铁站

蜀道在朝天打结，落下一枚棋子
古栈道上的木牛流马，没有卡住咽喉
作为收藏，巴蜀最后一道门户
最忌讳遮遮掩掩，喜欢直来直去
从剑门关到七盘关
一段蜀道早已疏远了历史，背叛了王朝
谋一山一水一城之人
念念不忘的，还是整个天下
还是用赤脚叫板蜀道难的子民
12趟动车每天在朝天突围
总得坐下来喘口气
总得把蜀道的险峻藏于内心
总得带点山货作为礼品
大路朝天，过往的人
赶在剑门关封关之前
已从巴蜀逐鹿中原

深沟村的枇杷

族谱一定不会写到宫廷
也不会写到争权夺位的血腥
民间，宫灯忽略了五月的暗示
阳光在树梢迟疑不决

一只迷失方向的倦鸟
从此误入枇杷树下
以一种虔诚的姿势仰望星空
定格，膜拜

走遍深沟的房前屋后
就如走进一个家族的天下及繁衍的历史
深沟的每一寸土地都自带深意
每一枝树梢都裹紧了橘红的欲望

在深沟，我想带回一颗坚硬的核
埋进我的花盆
所有闪光的都是金子
所有圆润的都是世态人心

昭　化

走过故乡的寨门
童年的路，已有壮年的磨痕
从四合院走出，到邻居家串门
或借盏油灯，借点柴米油盐
每一处进出的牌坊都有故事的支撑
每一处楼门都有榫卯相连
圣典在楼门举行
马灯照亮的葭萌驿、关楼、秦瓦汉砖
再一次光鲜
好戏在乐楼彩排，我入戏很深
坐在客栈，还不忘巴巴掌
还不忘今天的群众演员
明天才会上台

漓江印象（组诗）

漓江行

从东河进入宋江，顺山顺水
过石灶、土鲤，沿途阡陌交错
人间烟火
就这样，不顾一切
抵达

中流之处，江水至善至柔
仿佛静止
自封的文化人，弱水三千
此时无词，羞于表达

将文字丢进浪花
慢走、静坐、看山、戏水
漓江，一座临江小镇
正消遣春天幸福的慢时光

今夜，我是路过的纤夫
在漓江提灯上岸
歇脚品茶

夫妻石

夫君，爬上爱情天梯
就到凤峨山顶了
神仙池的鸳鸯，唐家洞的神仙
不便打扰。私奔得寻无人地
看景得选最高处
就凤峨山顶吧，夫君
风声，可以阻断世俗流言
日月，可以见证山盟海誓
管他什么三从四德、媒妁之言

夫君，我只要你爱的拥抱
深情的吻。生生世世
知己，红颜

站在夫妻石前
我想，如果我是夫君前世的投胎
我也愿意在此餐风饮露
一吻千年

漓江的山

漓江的山，面目慈善
都有吉祥的名字
龙亭山点睛的"福"，凤峨山的洞，四平山的枪声
传说太多，我不能一一记住
将军脱缰的战马
在唤马溪饮水解渴
这我记住了

有山有水，有龙有凤，有传说
就是上好的风水

漓江的山，神奇、舍得、包容
——渡江的木船、竹筏
进献的贡茶，玄坛寺的钟声
龙亭山的云……

低眉看人，有求必应
漓江的山，一边认领神灵
一边普度众生

龙亭山看云

没抵挡住村长家高粱酒的诱惑
中午喝了两杯
说起云，我必须去到山顶

一路攀爬、仰视
或驴，或马，或龙，或凤，或万物
所有神话，悬浮头顶

凤峨山的夫妻石已入我诗
铁山关排兵布阵
胜算几何？我不敢预测

这次，我得较真一回
与龙亭山的白云，长久对视
交谈相亲。我们那么近

我只是路边一株不起眼的野草
是多年前那个放牛的少年
此刻山间云海缭绕

每一次眷顾，就是给予大地的恩惠
"凡是滋养我们的，我都感恩"

漓江水

一江分出两岸，姑娘
恰到好处的内敛
是春天宋江水给我的启示
漓江，我新参拜的王朝
有了这条彩带，便长袖善舞
过嘉陵，达长江

两天的慢时光，我沿江边行走
寻找当年渡江的小木船
下水的码头，造船厂的遗址
就这样分出古今
就这样书写水运的兴衰
小镇优雅地崛起

姑娘，此次行程你最该来
你那心高气傲的毛病
看了漓江的水
就知道什么叫不炫耀不显摆
什么叫安静、贤淑、温良、谦让
还有幸福

午夜茶

多愁善感的人，有剪不断理还乱的心思
常常在一个枝头
试探另一个枝头的高低
我踟蹰前行，想哭
丝毫没有效仿他们的意思

午夜茶

冬　至

阳光漫过墙角
风从转角处一晃而过
小区暖和，今早刚拆除了灵堂
老人们聚集起来
说些夜长梦多的事情
皱纹如花绽放
是这个冬天最美的风景

汤锅店早已座无虚席
一只不合群的羊
在山坡上整整一年了
今天回来
它一边凑这暖冬的热闹
一边在砧板上炫耀
贵重的身价

万物都有自己的巢穴

如果醉了，就去广场
或者湿地走一圈。那里开阔
夜里，从朋友家喝酒回来
在广场遇见一只鸟
在湿地遇见另一只鸟
我不知道它们是不是同一只
或者同一个种群
它们是那么地相似
形单影只

万物都有自己的巢穴
多愁善感的人，有剪不断理还乱的心思
常常在一个枝头
试探另一个枝头的高低
我踟蹰前行，想哭
丝毫没有效仿他们的意思

寒　潮

一夜西风凋碧树
梦中，我不敢独自登上高楼
我单薄的身躯
再也抵挡不住哪怕很小的肆虐
睡眠灯亮了一个通宵
让我不断猜想，你梦境的多种可能

亲爱的，有一种解释
叫自欺欺人，有一种虚张
可以给怯懦壮声势

其实，世间并没你想象得那么复杂
也不那么单纯。执迷不悟
就生邪念
降温预警昨天发布了
我得翻箱倒柜，找几件御寒的棉衣

滨河路那一地落叶
是否还保持昨天的章法，愿意为
一段故事铺陈

深 夜

黑洞太深，深得让人窒息
一些见不得光的人和事
赤身裸体，游走在苍白的街灯下

一场算计，早已经过夜的深思熟虑
近耳顺之年，不做一时英雄
逞一时之强

尘世太暗，得处处小心
余生，不必为谁留灯，为谁倚窗而泣

唯这场小雨善解人意
几滴落在额头，几滴落入掌心

堰　塘

那是1972年
吴婶被闲言碎语赶下堰塘
尸体在篾席上躺了三天
娘家人在村里闹了三天
那是1974年
狗娃子洗澡就没上岸
堰塘边的小坟堆
已经变成了平坦的荒地
那个年代，堰塘像张吃人的嘴

如今，堰塘还在
多年就蓄不住水了
一坑野麦草，绿茵茵的
深不见底

简 约

遇水搭桥，我就地取材
用先人们的土办法
将石条起拱。逢山开路
在泥土上铺撒石子
当然，长点野草更好
坡上栽树，水里养鱼
平地种菜，选择土生土长
水边建湿地，设计顺势而为

如果要植些花草。当然刺花好
自然亲近。然后修条路
水边架廊桥，让人走进去
蚂蚁走过去，孩子们走过去
等到他们走回来
都有了菩萨的模样

秋 雨

如果这场雨停了下来，或许是到了中年
或许，它不想把忧伤说透
住在高楼，这人世最大的生硬之物
静听雨打窗户的声音
有些小感动，会暗自流泪
有些浅抒情，会落纸成诗

世间的许多事情
不一定都有认识的高度
唯有一场雨，学会了避让
谦卑，然后汇流成河
途中，它控制不住碰撞的心花怒放
它会发出一些呐喊之音

那个曾经提醒过我的人
你现在在何处

无 题

5点多醒来
终于看到了久违的好消息
这个冬天的早晨，有人在黎明前落入冰水
晨练的人在南河对岸
干吼了几声

人过中年，耳朵越来越背
我得假装镇静，不想有人说我
在听到一个笑话后
有失矜持

消息，发了又删，删了又发
不信，你看我圈里
除了几句肤浅拗口的诗
一片空白

《掩耳盗铃》《皇帝的新装》《狼来了》
都是寓言里的故事

美蛙过敏症

第一次受朋友邀请
去"好吃街"吃美蛙鱼头
桌上,有人说美蛙是美国的牛蛙
有人说美蛙是美丽的牛蛙
有人说美蛙是味道鲜美的牛蛙
各种解释,极尽赞美
当我从油锅里挑起一个蛙腿
白白胖胖的

这一餐,我喝了点啤酒
用各种理由搪塞
后来,我每次走过那家餐馆
身体会产生各种不适
然后绕道而行
再后来,有人约我吃美蛙
不管是烧、烤、炖、煲
我都会找出各种冠冕堂皇的理由
——拒绝

今 夜

一切都不那么平静
雨季来临就有沉重的心事
我想，此时是不是该攀附一束高枝

冷漠的时候
我不想原谅曾经的热血心肠
更不想把自己的伪装
熬制成矜持的药汤
在乌鸦的世界里
洁白的羽毛都是有罪的
在金属的碰击中
所有柔情都是红颜祸水

客厅闲置的鱼缸，不再发出叹息
邻居婴儿的哭声
像神的祈祷，少了些诚意

老 屋

记忆散落于废墟
月亮、星辰及童谣都有苦涩的话题
撮箕口、四合院
我最早记住的图案简单明了
上中下三个院子，装了整个家族
庙堂居中，却装不下天下

不同阶级，理不清的关系
都是我同族的长辈
煤油灯点亮的家族历史
早已没有了深仇大恨
唯有那竹林，那磨盘碾盘，那笨重的水缸
延续着残缺的圆满及棍棒的记忆

每次去老屋，看见长满苔藓的阶沿石
就像看见父亲坐在那里
唉声叹气

夜 钓

今夜无风，月光如水
在流言蜚语不能抵达之处
我用尽心机抛下的浮漂
有波澜起伏的心跳

梦境酣畅时，鱼的记忆只有七秒
就如我常常好了伤疤忘了痛
人世间，诱惑太多
闪亮的漂不一定就是航标

昼伏夜出的人
贪念一次久违的伏击
偶尔冒泡
也会泛起低吟浅唱的惊喜

夜　雨

心事烦多的时节
我必须赶在一场夜雨来临之前
和自己达成和解
还必须赶在雨停息之前
梦游到廊桥
锁定一场潮汐

我会陪同不安的雨滴
完成自我救赎
还不忘，在世人睁开眼睛之前
装作什么都没发生

午夜茶

我有半夜喝茶的经历
为那半截噩梦制造一次反转的剧情
然后起一个诗意的名字
这需要足够的清醒

我承认我与世俗越走越远
看见金属我想到了水
看见荒漠我想到了森林
我从水底看日出
站在高原揣摩大海的深度
住七十年产权的居所
体会岁月在催命……

在这人间寂寞，情缘淡薄的夜晚
一杯浓茶
它有恬淡之味
亦有疗愈之美

处　方

我终于学会了构思
以一种药名作为笔名写处方
具体的疗效，在很长一段时间
我似乎一无所知

副作用小，是我构思的惯性思维
我的叶片根茎骨架的文字
不奢望疗伤，也不至于伤害心情

学会与水相处
也不拒绝火的煎制
两种不相容的生存方式
最终都要储藏在杯里

我温情地构思
有时也不顺从我的内心
急火攻心
有时也是一杯毒饮

影 子

走在光里，就如影随形了
不要含沙射影好不好
你不斜，我就身正
一切与你有关的事物
在等着发布利好消息呢
有人监视我的行踪
你沿着前后左右的方向
向我靠近

黑夜里，我想找一个人作陪
那是我的孪生兄弟
睡梦中，你是真实的行尸
我是漫漫的虚无
我最最亲爱的影子
你离我远一点，并答应我
你一定不能消失

在清风木舍

清风建成的木舍
在湿地腹地，请原谅
蹭风景是我的唯一嗜好
在没人的时间
点杯茶独自小憩
这感觉真好
今天，一只跛脚的斑鸠
扑棱棱制造了些气氛
竹鸡窸窸窣窣
在我脚边
忽略我的存在，其实
这都是白日梦的一部分
河那边有故事发生
湿地边沿也有
你来了我走
你走了我就来
彼此疗伤
彼此不打扰

虫　果

黄昏扛着落日，修炼佛心
坠入山脚的
仁爱缺失，留下疼痛一夜

水井湾那口老井多汁
抵抗不住诱惑
如树枝上张望的鸟，懂得生死的道理

叶子向上飘
没有经历刀片的切割
所有光鲜黯然失色
枝头上，果子睁大眼睛

月光下，明亮的父亲
常常与水井湾的桃园对视
虫子爬满他的手背
和额头

醉归记

记忆停留在家里
整个城市不外乎四室两厅
老城、上西坝、南河坝、东坝
客厅主厨，去了几趟
印象中到过北街、南街，走过云盘梁
从老城返回到新区

四周的山——
城市坚不可摧的承重墙
是否留有突围的垭门

回到书房的过程，费了很多力
断了一些篇章
柜上的书，整整齐齐
我早已将它们
看成了尚未交付的楼盘

一杯茶摆在面前，那是穿城的河流
也是今夜的虚空

三层岩

三层岩紧挨黑坝林
那里闹鬼，有野兽出没
却是伍家坪人出行的必经之地

那时父亲所在的公社园艺场刚解散
父亲便做起了小生意
从横山那边的漓江、唤马、歧坪
买些鸡蛋、鸭蛋
等下一场到五龙、永宁、乔子坝卖掉
赚点分分钱

太阳落山了
母亲叫我去接父亲
我站在三层岩那块突兀的石头上
向对面山头喊父亲，每喊一声
夜色就加重一些
喊声一停，月色和王家岩的狗就跟出来

父亲的回应迟到，但不缺席
脚下的石头是第一层

父亲的汗水，流在上面
完成了第二层
我们构成的三层岩
比三层岩本身还要坚挺

泄　洪

这雨不解人意
好多天了，委屈蓄满了河床
躲避的，不全是懦夫，也非冥顽不化
行走江湖的硬汉
并非每人都有一把好伞

护城河开始泄洪
给彼此腾出空间，留些体面

另一场雨，今晚要来
它能容纳余生更多的悲情吗
蓄水的天空，是那么高远
那么深不可测

廊桥避雨

在廊桥，雨把我们隔离
我们一边谈论河水的两面性
一边谈论一首诗的结尾——

雨在四周挂上了帘子
它让我对这首诗的理解
有了重新的认识

对面城市的钢筋水泥
有了忸怩作态的柔情，如我此时
忘记了自己的存在

凭栏处，伸手掐断的雨丝
是我迄今为止
一直寻思，如何修复的隐疾

雨中行走的人

如果没有一把强力支撑的伞
你最好待在家里，或在屋檐下暂避
湿了身，你就是一只落汤的鸡

一生中我多次穿行雨中
每一次踮起脚尖，挽起裤腿
总不能做到全身而退
十字路口的积水很深
车辆也有野性

焦虑的人面对面擦肩而过
穿碎花裙子撑碎花伞的女子
拎着凉鞋，护着裙摆
在雨林中左顾右盼
多像一朵散开的"毒蘑菇"

提前回家的人
站在窗前，看街面游动的雨伞
看风景，却看不清
风景里的故事

等一场雨

心碎是迟早的事
今夜，等一场倾诉
迫不及待

再不落下来
天就要塌下来
再不说出来
心就要炸裂了

剧情总要谢幕
我躲在无人的角落
等另一幕开演

你不能确定它是一场喜剧
你也不能确定
它如果又是一场悲剧
关好的门窗，能否隔离
这狂虐或哭泣的声音

听 雨

此时大约凌晨三点
不管是美梦还是噩梦，都得接受检验
一墙之外，是暴风雨的舞台
倾听，是我对自以为是最好的回避

孤独如风，如草
自有它的落脚之处

暗箭袭来，我躲在玻璃墙内
人间的伤感，让所有象声词贫瘠匮乏
每一滴雨，在落地为泥之前
先落在心尖

原路返回

终点站到了
我该怎么回去？起点站又在哪里？
我经常带着这样的疑问出门
带着这样的疑问回家

我最笨拙的办法
就是记住出行的路线
然后原路返回

这多像一片枯叶啊
不偏不倚，正好落在树的根部
就像我十八岁那年
从伍家坪出发，每年都要回去
瞅瞅有没有风水好的墓地

睡前书

先生，我不过是浩渺中的一尾小鱼
我没有亵渎正义的劣性
偶尔吹起的气泡
那只是一次小感动
一次浅抒情

午夜茶

两江口

两江交汇之地还叫江
一缓一急，一阴一阳
礼让就要抱拳躬身
它们有点急，像新婚

它们下山时，可能你
也正在离家。此刻开阔
你眺望另一种波澜、宽广与平静
是否后悔过先前的冲动

曾经，我坐在两江口
点杯坝坝茶，一整天
只为等你
心平气和走过来

小 雪

多虑的人半夜醒来
尘土不安于绵软的覆盖

一些隐忍的光从凌晨子时开始
就渐次张扬起来

刀锋收敛于黄昏铮铮的誓言
蝴蝶再次聚集

所有未了的心事重重叠叠
一起慢慢融化，慢慢生动起来

昨夜，一群小雪从月亮上下来
我通宵未眠

睡前读诗之李轻松

说来轻松，其实不轻松
用文字行走与停顿
常常站在花街的拐角处
跟孤独的人说说话
看风中的蝴蝶，轻松地倾诉

大西迁时，在玫瑰墟
看见一滴玫瑰血
心碎了。眼中的无限河山
上海卡门，垃圾与溏
随女性意识唤醒

轻松地来，轻松地去
剑门关、翠云廊、皇泽寺、千佛崖
拜师酒一饮而尽
留下轻松足迹
"有一种感恩一点都没有散落"
此时，你在回东北的旅途与云相亲
我在川东北，轻松地吟诵

长 河

今天的粽子是我亲手制作的，先生
所有的食材都来自民间
所有的叶片都大过我的手掌
它们有足够的包容之心
有可以握住一轮明月的韧性

今天我不会提笔
那些曾经自恋苍白的文字
轻过白云，再不收敛于心
它们肯定会消失在浮尘

今天，我得去河边走走
在柔弱中寻找慰藉与爱情
灵魂与真理
这条河叫南河
是这座城市的母亲河
它像所有的母亲河那样宽阔
那样平静

先生，我不过是浩渺中的一尾小鱼

我没有亵渎正义的劣性
偶尔吹起的气泡
那只是一次小感动
一次浅抒情

我在诗里或在逝水边滔滔不绝
一只白鹭扑棱棱飞向河心的绿洲
几千年的起承转合
敢问先生，逝者如斯
夫复何求

唤马溪走出的诗人

唤马溪水小
弄不起潮
惠州，一座临海的城市
你爬上罗浮山
约一伙写诗的同仁
把文字丢进浪花
用纸皮书搭一间小屋
面朝大海
在仲恺大道旁的小茶馆
喝着带海味的茶
讲故乡的事，春天来了
唤马溪的梨花开了
清明，暂不写农事诗
烈日下的山河
爱着的人多么幸福啊
我在春天铤而走险
春天长得都可以吃进肚子
曾经那个叛逆的少年
做了乡村的歌手

母亲熬碗糜粥
用不带卷舌的四川话呼唤
诗文，斯文

湿地看鹤

东城对岸，是一方湿地
从廊桥过去，定格一个人的黄昏
一个人的自我救赎
在望鹤亭坐下来
点一支烟，半天夕阳

浮生众多，总能看见野鸭
总能看见鸳鸯
总能看见河面漂浮几块零星的绿洲
有水草护堤
有芭茅巩固一方领地
几只白鹤，应该是一群
灵动在孤岛一隅，抱团取暖
像我去年丢失的棉绒

冬日的太阳并不准确落向西山
浮光在水面用暗语亲切交谈
老家几位退休老人刚好走过来
我们每天都在此相遇
每次都打着同样的招呼

画　像

刘代福是我表弟
刘年是我喜欢的诗人
表弟不懂诗，是个抹灰工
最多背一句床前明月光
我经常开他玩笑
如果你改名刘年
你就是位诗人
表弟羞涩的笑像极了刘年
憨厚老实，其实
刘年经常独坐在菩萨岩
看汪家庄柏杨树上的鸟窝
抒发为何生命苍凉如水
感慨咋那么多嘛
扶余秀华走进诗坛
那比你写的所有诗都精彩
远方的远，远去的远，远不可及的远……
胖嘟嘟的小伙，有点傻气
有点福气
越看越像表弟

睡前书

先生，此时已是深夜11点
我坐在桌前了，点燃一支烟
今夜与朋友多喝了几杯
外面风很大，似要突围的阵势
似要把天空吹翻的阵势
想起多年的浅抒情
想起一直突破不了的空间
我似乎瞬间好受了些
我多希望窗外的风更加深刻
先生，点燃第二支烟时
我似乎有了些灵感
我准备用今天不经意
听见的一句话作为诗的开头
可我一时又不能完整地记录下来
我的文字注定不能在纸上站立
第三支烟，灯光愈加刺眼
放弃的时刻，有风进来
先生，你睡了吗
你那里天气怎么样啊

我宽衣解带了
深夜了，一连串胡思乱想
颤抖了几下

窗 外

我该用怎样的胸怀
怎样的心情与你对视
怎样开诚布公与你交谈
我坐在窗前了
杯酒相伴
隔阂中一路风雨
此时，唯有眼睛是明亮的
唯有隐私不可暴露
漆黑的夜
终有看穿的时候
终有你亮灯的时候
我是你的窗外
你是我的风景
同饮月色，共剪西窗

今天，敬祖国一碗元宵

母亲不来电话
这个元宵我可能真就忘了
月亮一如既往地圆
街灯冷清，互不搭理

伪装让人学会识别眼神
此时，心事沿嘉陵江顺流而下
在重庆拐了个弯，之后
坐在汉口码头流干了眼泪

熟睡的人还在梦里徘徊
我措手不及
不知用什么方式
接纳这突然莅临的疼痛

今天，我只有把您的传家元宵
做得更圆满、更甜蜜
敬祖国，敬您

第一声春雷响起

第一声春雷响起
天还没完全明亮开来
我在梦中，闪电将夜撕裂

我没有噤声的习惯
窗户和嘴敞开着，回忆一个梦境
能看清尘世多少真相

所有的鸟语我听懂了
树叶从不背叛风的唇齿

冬天已经过去
梦醒时，小区的迎春花
正慢慢地倾斜过来

二 月

走出去的想法萌动很久了
推开窗户时，风似乎温柔了些
静坐空屋，我绞尽脑汁
开始用一句诗去感动另一句诗

滨河路的野桃花盛开
抽动的声音像新娘羞涩地哭
此时，我只想把二月的风
嫁接进柳纤细的肋骨

我注定是手握剪刀的人
让花草站立在石头的缝隙
让细叶不再孤独
让休闲的脚步更加灵动

二月，最先在河边站立起来
梦醒的鱼，正在努力激活
久违的冲动

失眠是一种病

我放松了所有警惕
筋骨反锁，梦不设防

脑中，有许多萤火虫扇动翅膀
深水中的鱼因缺氧快要窒息
更有一些见不得光的人
去了又来，来了又去

我冥顽不化的思想
如陨石的硬度与轨迹
就这样不厌其烦
就这样重复了无数遍
就这样把头脑掏成空洞
星星已然黯淡

无底洞四周
是坚硬冰冷的墙壁
我像一条被冻僵的蛇
裹紧黑夜的土壤

人说：失眠是一种病
谁能为我打开一扇
疗伤的窗

梦春风

一朵雪花落在牛的脊背上
五只山羊在山坡上低头啃草
那时，太阳正傍墙壁经过
堂屋角落有新燕筑巢
孤独的人多梦，还没醒来
荆棘依旧羞涩地生长

风已改变了原来的方向
我行走在刚刚睡醒的草地
我就是其中一头饥饿的牛羊啊
阳光下的野草
在悬崖边肆无忌惮地膨胀
我努力接近它的样子
让刺尖上的蝴蝶
发出轻蔑的笑

住吊脚楼的男孩

住吊脚楼的男孩
数着一千七百颗星星的睡眠
白鼻、麦草、那卡
就那两个字
站在时光的阴影、逆光或背光处
致影子，黑白反差
在诸佛村、黄家梁子和那卡的村庄
偏远处留一洞天
他说，我有菜青虫般的一生
清癯，安静，内敛
在闹市中写村庄简史
写磨损事物及中年之心
独自忧伤

剑门遇雨

1

出场的方式早已设定
轻声细语的
你来了，我就撤退
看石板路表情，听雨滴叩问
在将军像前，所有信仰都是多余的
一头入关的笨驴
脚步沉重如草木中的麻石
坦荡足以安慰虚伪的灵魂
当石头从海底站立成高峰
心事来不及收起
被雨淋湿的肉身
已无处遁形

2

在此碰撞了几千年
终于缓慢下来

脚步敲击的节奏缓慢下来
承载的心事被岁月化解
故事怎么也讲不完
雨依旧，道依然

不用试探，不用怀疑
敞开大门是一次选择
走进古镇做秦汉的子民
是一次选择

静坐木楼，沏壶热茶
约好下次相遇的日期
和接头的暗号，除此之外
我别无选择

3

说不完的密语
萌生按捺不住的叛逆
退回去是一片雪
走过去是一场雷电

溪水静静的
它对这一切似乎若无其事
我饮一盏清凉
云层饮剑山的高度

所有尘埃流淌的泥水
所有尴尬托付的路
在空空的门口
是行走的又一次超度

近月湖

他知道，车该停靠在远处
这纯净之地，禁不起尾气打扰
美女诗人，说起晕蓝晕水那刻
像一处景致
像一个漂亮的句子

在蔚蓝与蔚蓝之间
有白云与白云的影子
垂钓人，抛向湖心的诱饵
如止水，如睡莲
乌鸦、芭茅、水青冈……
仿佛世外之物，他不忍惊动这些
在远处默默祈祷的
众生

127

草 堂

打开草堂的柴门
泡杯下午茶，与杜子美谈诗
成都是个有温度有质感的城市
在府南河边
试水的几种方式
那是皮鞋咬着木板的声音
用诗歌语言讲成都故事
生于巴国
煮酒论诗于蜀地
刻着蜀的胎记为诗歌而生
重塑时代和家国的诗性精神
这是诗人的世界
这是草堂的骨髓

月坝火烧馍

月亮那么近，不把这馍烙圆了
就羞了先人的脸
幸好，大姐有一手绝活儿
一针一线绣出的幌子
在老街飘香

能把大山的心思揣摩透彻
拿捏得恰到好处
仅有水麻柳的火候
远远不够

其实，民间有好多遗产
比如红颜，比如祖传，比如灶灰
再比如水车
转动了一个四季
又被下一个四季盘点

看见月坝的月
就会爱上月坝的馍
那么可口，那么解馋

无限事

你总有无限事

总有最满意十首收藏级

一个有相同伤口的我

站在栅栏的另一边

天色将晚

我想和你虚度时光

拎口玻璃箱子

命有繁花,摄昆虫之美

我想与你独白与对话

迟疑走过树叶上的街道

总有此时,尘埃之想,因风寄意

把重庆生活的景象

身体里泄露出来的光

花剪与玫瑰,光与影

都交给纸质的时间

写进都市脸谱

立春帖

儿子从大洋彼岸回来
我精心准备了一束鲜花
这是今年的第一朵迎春花啊
我得让他知道
我携春风在家等候
湿地寒梅虽谢
黑石坡的花枝正击退一场积雪
都不能作为推责的借口

此时，我站立结满冰花的窗前
一只鹰
从南山那边飞过来

山　里

有些好消息传来
相思鸟的叫声提高了八度
该出去走两步了
进入山里的，有入世的弱者
有空门的高人，有懈怠的落日
微风吹过，一只只受伤之鸟
还有一些痴呆的物种
和我一样，都需要滋补的心灵鸡汤

而唾沫有唾沫的杀伤力
流言有流言的锋利
我已遁世多年
早已习惯了风吹过后的草动
暮色里，有多少候鸟不停赶路
有多少撂荒的心事需要照看
在短暂的犹豫中
我也准备踏入重返红尘的归途

此时，夕阳正好
两只羊，在半山坡彼此壮胆
多像一对相濡以沫的恋人

入林记

误入密林，不妨静坐下来
想好退路及撤离的时间
不要问我从哪里来
就当一只迷失的山羊
不要问隐于林，把伤痛留在悬崖的感觉
独行，且坐，权当围炉煮酒
除此之外，就再也找不到还有哪座山头
更适合看清河流
及透视一片坚硬的城郭
松树林曾经有人来过
很纯粹，没有无序的杂木
"落日在山顶徘徊，如我
心忧，最多熬过暂时的夜晚"

二　棍

一听这名字，要么有点俗气
要么沾点匪气。后来一见他的照片
我读懂了一个词语叫名副其实
他住村北，去过非洲
也去过西藏
算是村子里走得最远的人
他喜欢石头，经常把岩石钻一个窟窿
然后在里面寻找诗句

三月，与子书

书里难得安慰的句子
该提醒儿子读一下窗外了
东边的红星公园，南边的感恩台
西边的禅院，北边的领地城
都足以看远，看开
似红尘，都足以看透
蝴蝶樱花乱，做了季节的裁判
然后用恭维的姿态
逼我矮下身来
把春天看高一截
万物试水时节
雨滴叩问窗棂和脑门
有关寒冷、病痛的话题
正考验隐忍的内心

儿子，山坡上每一滴绿
都是我想要的父子对话
广场上风筝斜飞
孤独如嫩寒
儿子，一本书有折页

成长有伤口，人间有悲凉
在三月流血，流汗
必定在六月绽放

十月一日的广场

我该用怎样的心情走进您
走进足够的祥和空间
用什么样的方式与您亲近
今天，广场的空气炽热
歌声是红色的，舞步是红色的
人们的穿戴是红色的……

我不善言辞不喜修饰，母亲
我笨拙的临场发挥只有您知道
我坐在广场东南角
像一粒悬浮的尘土

点杯红茶，感念祈福的寓意
感念您的神圣、悠久、伟大
——我安身立命的国度啊
我细胞里有您的密码和基因
骨子里的颜色与血色一致
多少年的今天，我都这样表达

这样默诵主义和真理

民富与国强，信仰与忠诚……
此时，我热血澎湃
把一面小小的旗帜贴在脸上
双手舞动，面若桃花

我已做了你的俘虏

——致李白

先生，你是骑马还是骑驴
是走嘉陵水路还是剑山陆路
如果你开车就走绵广高速
坐高铁也行
飞机在盘龙机场
如果要看沿途美景
可以坐轮船到红岩港
这更适合你的风格……
今夜，我已守候在关口了
我不敢独酌不敢吟唱
一切山河与云朵都是你的
一切美景美食美人都是你的
峡谷栈道，昭化晓月
佛崖石摩，翠云驿道
这些远方的布景都是你的
我再也想不出一种隆重的仪式
对你来说
这就是你的床前明月
是你的花间美酒

其实，有些疑问不用明白
就像你出川的路线及交通工具
为何要弄明白呢
宫廷、官场、民间……
留些悬念多好
乱世中的昏庸
场面上的尔虞我诈
都是过眼云烟
云层低沉的时候
风是清醒的洒脱的
从江油到长安到西域
一路走来
你不带走一粒沙尘
远方是不可亵渎的神圣殿堂
我已做了你的俘虏
先生，我是古蜀道坚守的苦丁
是你千年后的弟子啊
千年不过就是一份期盼
今夜，月色静好
敢问先生，斗酒已备
写篇《蜀道畅》
如何

原　酱

弓弩始于童年
始于一场暴动和游戏
排兵布阵的时刻
天宝寨便是这茫茫深海中的一只竹筏
摆渡了大哥、二哥
与花枝招展的压寨夫人
却摆不动岁月的日侵雨蚀

还有多少奸细、暗哨、打手
埋伏林中
江山，在路上矗立

我是那波澜壮阔中不安的散兵游勇啊
行走在海中海岸边，把投名状交给竹海
林中卧虎藏龙
影视剧从云端起韵
龙吟寺的经文被雨水打湿

烟火是一坛未开封的美酒

行程耽误了，把一切留给天空
竹梢上每一滴露水
都情不自禁地
滴入杯中

留　白

大水退去
河滩是雨后另一次潮汐
来不及撤退的河蚌及枯枝败叶
正努力勾画
余生最后的行程

生前从未这么深刻过
与那些一直潜伏的水母相比
它们一生致命的原罪
只是与正午的阳光
提前相遇

此时的河滩
多像一面古铜色照妖镜
除了空空的外壳
曾经求生的路径与软弱的躯体
欲言又止

数星星的女人

说你精灵古怪那是褒扬你了
说你古怪精灵还差不多
你说你简单那是骗人的
一花一草都是诗句，槐树开始下雪
那还简单吗？那不是纸上雪

你说你是单细胞生物
那也是骗人的
从宁静樱桃小镇来的女子
周一的火车，从江油到成都
去红星路二段85号
数星星，数着数着
就看见了女儿的影子

吊滩河

走进吊滩河
就走进了今生的第一场邂逅
薄地几亩，瘦牛两脚

时光不需微盹
在一群木叶鱼栖息的河谷
弹古曲一首
读诗书几卷

那位前朝落魄的举人
骑马经过断桥
在短暂的记忆中
我是他无忧无虑的书童

黄昏，石缝里的那尾鱼
坐在藤条椅上
蛙声和蝉鸣四起，不妨
亲亲地唤一声：娘子

鸟　岛

正午时分，阳光挂在树梢
几粒鸟鸣穿过暖风
倾巢而出，栖息在
湿地深处的孤岛
重新起飞的诉求
从来不对人间说起

我不企盼任何声音
打破此时的沉默
我甚至还能听见
它们逃窜和死亡的尖叫
我不忍识别它们此时的哀鸣
就像我从来没有准确地
识别人类的声音一样

我多想河洲倒立过来
放开叫上几声
水中的倒影是可描绘的
我只有保持磐石一样的坐姿

看对面城市倒立的样子
看河边倒立的人
并和它们一起
经受这呐喊之痛

冷月亮

今夜，我没有诗句为你送行
今夜，我更没有力气
怨恨这人间的冷漠
和伪善

午夜茶

对　视

从窗户望出去
几块积木遮挡住视线
南山的背影从缝隙中露出来
这部童话，我身在其中
却一直读不懂它

感恩台在南山顶部
像加冕的皇冠，也是我每天
远望的终点

有一天，我站在感恩台上
鸟瞰新区一角
那扇从未关闭过的窗
正与我对视

我们有各自的心思
我们始终隔着江河的距离

冷月亮

今晚天空冰凉，我多喝了几杯
偷看月亮微醺的样子
突然有些寂寞，拨通父母电话
都是无应答
翻开邻居号码打过去
才知道本族黄妈去世了
还没入棺，而后院
权哥又咽了气。我心温度骤降

故乡的雪从南山飘过来
月亮冷如花圈
泪难融，乌鸦叫声凄厉
此时，寒风凛冽
我酒杯里
月光，早已凝结成冰

悼骆驼

你说，你滴落的酒就要把我喝醉
这我不信。当年在东坝是你先出洋相的
我们在道和茶楼睡了一夜
你说，你住上游，我住下游
不高兴了就撒泡尿，污染我一回

兄弟啊，见面是调侃
那年，在红星路一家小酒馆
你灌醉我了。你退掉我订的宾馆
叫我住你高新区的家里
你抱出一缸野生猕猴桃酒
说，这是老家九龙山的特产
必须得喝
从此，我在苴国路与红星路之间往返

今天，我没说一句话
想下次到成都，与谁共醉
到犀浦的地铁二号线，是否少了几个站点

153

九龙山的红橘甜了，年猪肥了
我酒已备好，陪酒的也约了几位
都是你广元多年的兄弟
你敢来吗

今夜，我没有诗句为你送行

——悼念吴花燕

今夜，云贵高原的雪从童话中消失
一只春燕
轻盈得再也飞不起来了

芳龄24，体重43（不是公斤，是斤）
坚硬的翅膀
再承载不动冰霜的重压
我绞尽脑汁也不能找出它们的联系
我自诩丰富的形象思维
此时比那片深蓝色的海洋还空乏无力
那艘丰衣足食的小船
没驶向诗和远方

今夜，我没有诗句为你送行
今夜，我更没有力气
怨恨这人间的冷漠
和伪善

重症监护室（组诗）

1

过道尽头，我从一棵老树
站成了一根木头
窗外方方正正的阳台
是城市秩序条条框框的复印件
年近八旬的母亲，一生倔强
第一次进了重症监护室
第一次向病痛服软

今年第一场雪，越下越大
这似乎与她毫不相干
我该做的，是离她近点
怕她缺少力气
怕她孤独，怕她醒来迷了路
越走离我越远
误入茫茫的雪原

2

陆续有人推进去
就陆续有人转出来
命数轮回，监护室床位胶着
每领一张生死簿，就是一场争夺战
不管是颂歌还是祭文
都得经受考验

过道深邃，如烧红的铁锅
无助的蚂蚁们，早已没有抗辩的底气
只有静静地旁听
整个世界，心跳撞墙的声音
悲鸣不已

3

每走出一位医生
就有一群人围过来
就有一些消息依次认领
喜的悲的，聚的离的

今天不好的消息
交给了一位年逾古稀的农村大娘
医生说，尽力了
瞳孔已经放大

医学上有关死亡的准确定义
不需做过多解释
要土葬就尽快找车，把人运回去
不然，一旦落气
殡仪馆就会拉走火化

大娘一屁股瘫坐地上
说儿子远在外地
"我到哪里找个车嘛
我到哪里找个车嘛"

我站在过道尽头的窗口
望了望天空
此时，天堂与人间的距离
只有一步之遥

4

等待像冬夜一样漫长
噩梦中，必须有人叫醒
才能看见黎明
母亲在重症监护室第三天
医生告诉我
母亲想吃点东西，像她最小的孙子
开始有了叛逆

我叫妹妹迅速送粥过来

并猜测，一生喜欢热闹的母亲
望着雪白的屋顶
是否对孤独、无助
比我理解得更加深刻

5

起了个大早，雪已经停了
从书房望过去
人民医院9楼的灯已亮了几盏
白天，我在9楼过道
与不远处我家半掩的窗户对视
医生说，母亲今天就能转到普通病房
这让我昨晚安睡了会儿
今天得早起
熬点米粥，慢慢熬
像母亲对我，对我孩子那样

——人生如此，得有足够耐心
慢慢熬

6

写重症监护室
我只能写些室外的话题
就像我的诗
一直停留在一些表面的东西

其实最刻骨铭心的句子
是在禁止家属进入的室内
也罢，也罢
我不愿去细想
更不愿今后去追问母亲

川　河

这一河至柔至善的水，静卧老家门前
沉默一年，乡愁也就隐藏了365天
水麻柳还是那么挺拔
护着河堤的沙土和世俗的流言
我无以言表，沮丧万分
河里的鱼，有监控探头跟踪
我不想惊动它们，就像我对故乡的不舍
与偶尔冒泡的水花
不期而遇

除夕夜，我站在临河的阳台
心放烟花，举杯邀月

林深处

还是，那么静
苍穹之下，只剩下空和寂
还有我，独自一人
窃窃私语

相对于万物
我，就是寂寞
相对于我
万物，就是虚空

成都的雨

一出地铁口，就知道涉世的深浅
就知道成都雨的章法、礼数
原以为，在一次次抱拳鞠躬后
可以做到全身而退
然后待上几天，走完规定的行程

原以为，成都的雨可以接纳一切
包括小鱼、小虾、青蛙

宾馆在大厦顶层，只想讨个屋檐
避雨、低头、俯视、掩面
棚户区挤在高楼间
乱作一团

成都的雨，让我对卑微、对洗涮、对伞
有了不同的理解。一滴滴
打在脸上
留下隐隐的指痕

163

初 夏

一场像模像样的雨
在今夜如约而至
凌乱的心绪
如玫瑰突生出满身的刺

梦中，我怎么也不能尖锐起来
如同割去头颅的麦茬
躬身向土地殉情
秧苗换了一种活法
枝头，月光迟疑不决

潮起潮落时
我躲在拐弯处，从日出走到黄昏
却怎么也走不出
这初夏多情而悲凉的夜晚

倒春寒

河水欲言又止，久违的心事
在人间三月，左右为难

樱花是谢了，留下些许遗憾
几张照片，包括隐藏在远处的背景
真实记录了一场岁月苦寒

每一场苦寒，都会催生一场烂漫
都会有一场花事
在逆风中，接纳我的膜拜

今夜，从老城沿滨河路到东坝新区
河边肆意盎然的垂柳
像少女出浴时，甩动的长辫

柏林沟的樱花

我如约而至，寻湖边待产的水草
十里水乡，十里长廊，十里心事如花
十里人面，十面埋伏，蓄势待发
流放一尾产卵的锦鲤
流放一枝四瓣叶片的幸运
流放古镇的山色湖光

广善寺的香火，助长了古柏的高度
芳草萋萋，墓志叫不醒大户人家
魁星楼看护着老街的木屋
一些叫不上名字的花
不要放在心上，这不是问题
把白色的樱花叫成李花、桃花
最多只算自作多情

此时，我在花前，你在月下
愿做你裙下风流鬼，拾几片花瓣收藏
此时，我是烂漫中的奇葩

愿做你水中月镜中花，捞几帖剪影留下
此时，我是铺天盖地的一朵
静候严丝合缝的嫁娶
与接洽

167

今夜，我的思念只给木里

请原谅我的孤陋寡闻
木里这个地名
是我第一次听到
今夜，我在幸福的城市相思
今夜，31个家庭31座城市
撕心裂肺

清明，我找好了城外的空地
一炷香朝家族的墓地
一炷香朝木里
火啊，本应在今夜的坟前燃烧
可却提前被惊雷
叫到了木里的森林

父亲，母亲
请原谅我今夜不能回家
今夜，我在川北小城
祭奠的是木里

31，是今天最痛心的数字
今夜，我的灵魂属于木里
我的所有思念只给31颗星辰

冷月亮

跨 年

还没反应过来
夜就被拦腰截断了
我站在12点的伤口
一边涂药，一边撒盐

窗外雪花飘飘
注定明年才能停下来
我记得我刚刚交了总结
接着又要拟订计划

猫躲在家里
开一个有关老鼠的会议
大街上，酒疯子又唱又跳
操的是外地方言

鸟　道

那年从舍身崖纵身一跳
鸟便有了另一种飞行方式
剑山在云海中站得更直
刀切斧劈一般
双手着地的虔诚，高过尘世的喧嚣
石笋是那枚遗失的棋子吗
攀登者的信仰
未必是对殉情的讽刺
折断的翅膀早已羽化成灌木
还有多少沉冤等待昭雪
还有多少巢穴是喘息之地

多少年来，我坚守的心愿未了
江山只剩一半啊
痴心的姐姐，请等等
我想用我笨拙的攀爬体会
告诉您过关的姿势

171

清明雨

早开的花谢了
迟来的接着鲜艳
我多想留住一场雨
并用双手接住纷飞的花瓣

四月的心事，是我醉后
从唇齿间不经意挤出的悼词

坟头草该收割了。在给你整理胡茬之前
我首先整理了自己的衣冠

今天，所有思念都留有空白
所有泪水都一清二明

呓　语

把台灯放到枕前
为梦中的每一个文字照明
一摁一开，一开一摁
我随之起伏的梦境
便有了墙壁和天花板
更有一张纸上的空白
我有时把它叫诗
有时叫呓语

今夜，窗外有暴风雨
在坚固的城堡里
谁也听不清那断断续续的声音
哪些是断章
哪些是绝句

堂　屋

父母好几年不种田了
镰刀生锈，放在堂屋的角落
同时放在堂屋的
还有两副漆黑沉重的棺木
那是十年前
父母请下河的木匠
每天守候着，监督每一道工序
后续的上油抹漆
都是他们自己的杰作
十年前，我与他们有过一次争吵
"这不是催命吗？"
十年来，我一直愧疚地活着
每次回家，我都要进堂屋看看
生怕他们一不小心
睡了进去

梨子园的葬礼

唢呐的锐利及哭声的顿挫
在空中飞舞，刀片
聚集成一片乌云
它们在为宣泄最后的情绪蓄势

鞭炮声刺耳，剜心，助纣为虐
天空再不想有一丝闪光
照亮一切

对面山村灯火零星，在相互猜想
灵前的一片白
像一场冷雪，越积越厚

祭文拖声丧气，先生的语气
那么煽情。接下来
梨子园的雨
整整下了三天三夜

一觉醒来

一觉醒来，刚好凌晨五点
我已睡意全无。乔庄安静得出奇
所有嘈杂被群山筛选了一夜
漏网几声鸡鸣狗吠
这像是启程前一次次提醒
一次次暗示
在青溪古镇打卡一天
有太多惊喜，也有太多失态
利州已经恢复正常
该原路返回了
等待，有时漫长过半个世纪
在808房间，我来回踱步
坐立不安
窗外一片漆黑，仿佛一座枯井
我不忍叫醒熟睡中的任何人
就像枯燥乏味的中年时光
再多忧虑，不与人说

误　入

起了个大早，这毋庸置疑
半山的洋甘菊，比我起得还早
撒一地细碎。城市在山丘的空隙中
隐隐约约，已披霞光
正试图救赎还没觉醒的慵懒者

这些外来的物种，占据了整面坡地
视我如无物
而我却视它们为神灵
我知道我已误入，无须与它们辩解
只想与它们保持足够的和气
和它们融为一体，然后呆上会儿

在半山，想起一些伤感的词语
却怎么也拼凑不成一个完整的句子
太阳已经照着我的全身
我还没有回去的打算
坐在半山的凉亭中，像一个逗号

古　街

好的构思，得顺从山水
得有清晰的脉向
古街，一边解读传统的风水术
一边引领一次次突围

进去的路只有一条
出来的路还是这一条
喀斯特的小山峰，像骨架
坚硬无比，支撑起一个王朝的城墙

那时，我正在落榜途中
身无分文。一场雪刚刚融化
这些元曲中的人家
却不见小桥流水的影子
今夜，就在古街的老树下
让一些肤浅的表达，幻化成一片片雪
从檐口，慢慢滴答

阳　台

我必须静坐几日
晾干孤独

还必须极目远望
窥视世道人心

——活在夹缝中
胆小如鼠

风，如何躲避
喧嚣，如何回绝

至于我，有一杯茶
就可接近万物

不惑之后，常思己过
体内湿气太重，不敢示人

玻璃心

我一生的爱恨情仇
也终究抵不过昨夜的一纸白
你傲娇的枝头
是玻璃心，还是冰如铁

午夜茶

百花园

一切那么静。鸟声动听
也懂得自知之明，退隐森林公园
自由的课堂

当我从童话里路过的时候
旗帜刚好遇见微风
笑脸正好绽放枝头

百草园的花花草草
收敛起各自的小心思，竖起耳朵
倾听春天的声音

春天毫无保留，接纳花红柳绿的对错
那几棵柏杨高过群山
其中的意义，接近于天空

小　雪

亲爱的，盼了一年了

你咋还不出现？你知道吗

等你一年，我就伤心欲绝了一年

今夜，你是否如一只蝴蝶

翩翩而至

我刚从浅睡中醒来

你是忘了诺言？还是去了远方

说好的要给我一个惊喜呢

那年，我们走进林场那片草原

你策马扬鞭

那一袭洁白飘逸的身影

美得叫人狂奔

今夜，我已泡好一杯浓茶

坐在窗前，望着无垠的夜空

等你

轻叩我心的窗扉

我想写首情诗

今天，我想写首情诗
每每提起笔来
却半天写不出一个字
这神圣永久的主题啊
一直以来
对我，是一个奢侈的话题

今天，我想写首情诗
却不知道写给谁
如果你愿做我的情人
你一定要给我些暗示
不管你是我前世的冤家
还是今生的仇人
我都会把这首蹩脚的诗献给你

今天，我想写首情诗
我会在星光下把它烧成灰烬
不给猜忌者留下口实
只有你懂，我知

凉 亭

再坚持一会儿就到半山腰了
凉亭，刚送走最后一批歇脚的过客
正保持参禅打坐的姿势
我也该坐下来
闹市已拥堵不堪
没有必要去赶另一场庙会

夕阳，用余晖超度北山的嶙峋
崖壁上，斜生的杂木、憨厚的石头
正逐渐平息内心的陡峭
空山静默如经，我愿意走进众生
问道，并得到神灵认领

亲爱的，余生没诵完的唱词
你是否愿意
陪我走在迷途知返的路上
让一生坚守过的摒弃过的
高尚的卑劣的，得到暂时的搁置

夜幕下，受伤的人
久久不愿下山
虽然，城市的灯火已次第
通明

梅花为何迟迟不开

其实，我有很多话想对你说
不管你愿不愿意开放
寒冬已经到来，这是事实
你不要总是托词太多，让我无法反驳
今年的第一场雪
漂白了我早已稀疏的发丝
我一生的爱恨情仇
也终究抵不过昨夜的一纸白
你傲娇的枝头
是玻璃心，还是冰如铁

今天，从乡下回来
沿途的枯枝，急需一阕颂词助产催生
请相信
再重的心事你都得说出来
我愿意听

失 约

原不原谅，都没那么重要
写在纸上的，是错过的一次表白
石头开花
春天提前发布了誓言

幸好有志趣相投的人证明
我左顾右盼了一整天
我在樱花树下徘徊了一整天

这场雨，我追赶得辛苦
任每一片白落入稀疏的发际
每一滴飘落进眼里

曾经的誓言与承诺
如此时的樱花，与大地亲吻时
没来得及涂抹的红唇

清晨，从一声鸟语中醒来

如果没有一些提示
我就不可能清醒

梦的尾巴遗失在夜里
任何补救都不能叫你噤声

我从不误解美好的祝福
就像你从不忌讳
每一次提心吊胆地开始

把麦穗的爱情叫熟
有时也不需要全部的力气

老铁路

就保持这种姿势，与你一路同行
不牵手没关系。亲爱的
请相信，世上所有枕木的长度
都是等距离
不认识没关系
当年，铁路上偶遇的恋人
在运煤车哐当哐当擦身而过时
情不自禁，相拥而泣
然后，在东郊的出租屋
私订了终身……

"我们都已进入暮年"
说完这句话时，我们谁都没有回应

18楼阳台上的老人
每天看着这段闲置的铁轨
从清晨一直坐到黄昏

如果你想我了

如果你想我了
就请你收拾行囊，从遥远的西双版纳回来
其实，家乡没你想象的那么冷

此时半夜，小城空无一人
我走在大街上，像团虚无的空气
那道被无数次反锁的门
我不想再次敲击

你是我今生假想的情人
我想好了，没事写些情诗给你
尽量减少些世俗的应酬
宽容隐忍，皆为修行
当务之急，是踩着自己的影子
为游荡的肉体找个安身之地

如果你要回来
我会去半山采一束山菊花
在车站等你
它有你的烂漫，也有我的坚持

此时我走到广场的东北角
那一簇簇玫瑰红，似乎在窃窃私语
看见我，它们欲言又止

一个人的冬天

季节的最北边，我留住所有的雪
留住山河招摇的丰腴与骨感
留住脚步，柴火
在山里做梦、焙酒、煲汤
退隐雪中，想象一场白

一个人的冬天，一个人的雪
给那份孤独找到陪伴
给这个虚胖的尘世
脱下伪装

想雪，雪就来了

冬天，把自己关在书里
——写诗，想雪
诗一句也没写出来
雪，想着想着就来了

窗外一片寂静，大地伸出手
把城墙、泥土、江湖
和纷飞的白鸽子
举了起来

我还没系好围巾呢
泡好的一杯热茶
已经凉透了

霜　降

这漫山遍野的红叶
烧了起来，仅有酒和大雁
还远远不够

我是在山脚下长年匍匐
像一株受伤的无名草
植入泥土，在露珠中又爬上来

太阳升起，即使死亡
我得保持
站立的姿势

想念一朵雪

徘徊很久了
多年来，还有什么可犹豫的
一朵落入尘土，一朵挂在树枝
一朵在玻璃上站立，很美
像亲爱的眼睛
把我望着，望着

今夜，有雪封我梦乡
熊熊燃烧，让我一落入泥土
便瞬间感动融化
亲爱的，你前世叫雪
今生叫雪，来生还叫雪吗
这个名字，需要暗示

我行不更名坐不改姓
这把硬骨头不能成助燃的柴火
就让他成为你歇脚的站台

想念一朵雪

亲爱的，明日你是否会

降落在我的墓地

每一杯酒都是火焰

举起酒杯，我独饮成眠
这个冬天，注定刀锋四起
每一场雪都是大爱
每一杯酒，都是火焰

转角处的遇见，让我沉醉一生
灯下的《百年孤独》
写着我的瞬间

酒杯醉了
一只苦闷的蝴蝶
从我的北方向南方飞去

等雪落下

一个人的下午，一个人的夕阳
独坐廊亭，目光漫过河面
等雪，覆盖眼睛

藏一半露一半，这个冬天
没有雪来
所有的山河都有缺陷

我在膜拜时光中
等雪落下
做一个不融化自己的人

超度的蟾蜍
它一边冬眠，一边在想念
一只天鹅的童年

这个冬天，只有雪离我最近

红叶、花朵、果实
还有那群鸟都飞远了
这个冬天，只有雪离我最近

有些锋芒藏于洞穴
有些人早该忘记
能看见的，只有这场雪

我是季节乖巧的孩子
暗器无处不在啊
唯有雪，唯有雪
填平我身上开裂的缝隙

大 雪

今日大雪，我照常来到湿地

经过那片小树林

黄昏一如既往，流了很多血

让岔路口那块石头

瞬间有了滚烫的温度

还未腐朽的落叶

无所谓忠诚与背叛

无所谓索取与奉献

是时候与一场该来没来的雪摊牌了

虽然沉默让我惴惴不安

虽然昨天路遇的人始终没有出现

我蓄谋已久的爱情

在望鹤亭绽放成几行蹩脚的诗

我把它们埋在梅林

一群鹤在河心沙洲上

叫声特别安静

追雪路上（组诗）

过麻柳峡

逼仄的路，从峡谷穿过
我不敢停留
两边峭壁随时可能靠过来
石缝间的红叶、灌木、杂草
及欲言又止的溶洞
它们还没来得及说点什么

途中，很多美好的风景
就这样一晃而过

红　柿

册页，依旧写在坡上
漫山的红，耀眼的就那几颗

星空下，光眷顾了我
让我由青葱变为成熟

经历过风霜的事物，都会自带高光
乡愁再重，都值得挽留

满天星辰，是冬天
留给候鸟的善念

养生谷

顺路，刹一脚，拐个弯
再高的道法，莫过于占山为王
拥有自己的封地

亚高原的氧、温度、湿度
山风、月色、星辰
不可复制，如此时的心情

养生，养心
远离，是为了另一种亲近
拐弯处，往往
有更撩人的风情

夜宿雅竹苑

有暗示，就有痴情人踏雪而来
困守的人，他们并不关心
有人为寻一场献给爱情的雪

平生第一次背叛

雅竹苑，这温暖的行宫
让我进退两难
明天，半坡的那面阴山
是否动了恻隐之念

风雪中，偶遇一只狗

荒山野岭，哪来千年的仙狐
从林场到青林村
再从青林村到雅竹苑
风雪中，一路跟随

如果能经受住一场考验
我就会改变此生的一些偏见
雪，是第一场雪
沙皮，是一只丧家犬

追雪路上

残雪，有残雪的韵味
作为后来者
把它们收留起来，垒一道风景
与它们对视、聊天，然后
一起燃烧

场部的院落、草坪、僻静处
处在凝固状态
孤独的人，做好了随时准备融化的打算
有些隐私，说不出口
已丢失在雪原深处

紫云猕猴桃

山坡上，草长过，莺飞过，牛啃过
冯家岭的前山后坡结出了果

大棚撑起一方天空，我用膜拜的姿势，低头，再低头
真怕摘不着八月的核

人间初心，离不开甜
离不开太阳无私地照看

我就这样回到了故乡的夜晚
侧身而过，一身蜜汁结满露珠

萤火虫飞走是迟早的事
昭化的景我是欠下了

红心撩人、撩心、撩情
我也欠下了

在紫云，每颗猕猴桃都不说话
我一伸手
有欲说还休的尴尬

约　定

我想是该露出脚趾的时候了
在春天试水
在初夏如约上岸

等待是幸福的
我隐藏住心跳的羞涩
红色的暗示不让路人皆知

我没有煽情的翅膀
我纤细的脚赶不上你的绽放
甚至凋零

如果爱情招摇
它一定会感动每一只爬行的蚂蚁
然后守着你，伤心成一片绿叶

我拾起蝶的密语，写在桃花笺上
如果你看到，那不是情书
如果你懂得，那就是墓志